Fuego, Fueguito
Fire, Little Fire

Tit, Titchin

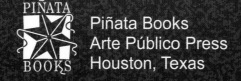

Por / By
Jorge Tetl Argueta

Ilustraciones de / Illustrations by
Felipe Ugalde Alcántara

Traducción al inglés de / English translation by
Jorge Tetl Argueta / Madeleine Maillet

Piñata Books
Arte Público Press
Houston, Texas

Esta edición de *Fuego, Fueguito* ha sido subvencionada en parte por Clayton Fund. Les agradecemos su apoyo.

Publication of *Fire, Little Fire* is funded in part by a grant from the Clayton Fund. We are grateful for their support.

El autor agradece a Genaro Ramírez, Pacita Paz Pérez, Valentín Ramírez, Carlos Cortez por la ayuda con la traducción nahuat de este libro. También reconoce el apoyo de Holly Ayala, Alfredo Pérez, José Ardon y Carolina Valentina Osorio durante la producción de este libro.

The author thanks Genaro Ramírez, Pacita Paz Pérez, Valentín Ramírez, Carlos Cortez for their help with the translation into Nahuat. He is also grateful to Holly Ayala, Alfredo Pérez, José Ardon and Carolina Valentina Osorio for their support during the production of this book.

Piñata Books are full of surprises!

Piñata Books
An Imprint of Arte Público Press
University of Houston
4902 Gulf Fwy, Bldg 19, Rm 100
Houston, Texas 77204-2004

Diseño de la portada por / Cover design by Bryan Dechter

Names: Argueta, Jorge, author, translator. | Ugalde, Felipe, illustrator. | Argueta, Jorge Tetl, translator. | Maillet, Madeleine, translator.
Title: Fuego, Fueguito / por Jorge Argueta ; ilustraciones de Felipe Ugalde Alcantara ; traducción al inglés de Jorge Argueta y Madeleine Maillet = Fire, Little Fire / by Jorge Argueta ; illustrated by Felipe Ugalde Alcantara ; English translation by Jorge Argueta and Madeleine Maillet. Other titles: Fire, Little Fire
Description: Houston, TX : Piñata Books, an imprint of Arte Público Press, [2019] | Summary: "Describes—in Spanish, English, and Nahuat—the characteristics of fire from the perspective of one little spark"—Provided by publisher.
Identifiers: LCCN 2019006254 (print) | LCCN 2019011473 (ebook) | ISBN 9781518505850 (pdf) | ISBN 9781558858879
Subjects: | CYAC: Fire—Fiction. | Polyglot materials.
Classification: LCC PZ10.5.A7 (ebook) | LCC PZ10.5.A7 Fu 2019 (print) | DDC [E]—dc23
LC record available at https://lccn.loc.gov/2019006254

♾ The paper used in this publication meets the requirements of the American National Standard for Permanence of Paper for Printed Library Materials Z39.48-1984.

Printed in China in March 2019–June 2019
by Hung Hing Printing
5 4 3 2 1

*Para mi nieto Rain, que es todo
canto y luz en la vida.*
—JTA

*For my grandson, Rain, who is all
song and light in life.*
—JTA

Mi nombre es Fuego,
pero todos me conocen
por Fueguito.

My name is Fire,
but everyone calls me
Little Fire.

Nazco por todos lados
de nuestra Madre Tierra
y de Nuestro Padre Cielo.
Soy chispita,
luciérnaga veloz.

I am born from a spark.
Near or far, low or high,
on our Mother Earth
beneath our Father Sky,
I flit like a firefly.

Ahí estoy:
en el volcán,
en la montaña,
en un madero
que frota otro madero,

Here I am:
In the volcano,
in the mountain,
in two sticks of wood
rubbing against each other,

en una piedra
que frota otra piedra,

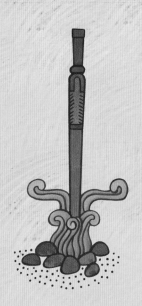

on a stone
that strikes against another,

en un rayo
que vuela veloz
desde el cielo.

in a bolt
that quickly flashes
across the sky.

Soy Fuego, Fueguito.
Soy rojo, amarillo,
naranja, turquesa,
y mi llama es un canto verde.

I am Fire, Little Fire.
I am red, yellow,
orange, turquoise,
and my flame is a green song.

Me parezco al sol
pero no soy el sol.
Soy Fuego, Fueguito
que ríe,
que baila.

I look like the sun
but I am no sun.
I am Fire, Little Fire
who laughs,
who dances.

Soy Fuego, Fueguito
que canta:
shuuuuu,
summm,
zummm,
chirchirchir.
Canto mi canción entre las piedras.

I am Fire, Little Fire
who sings:
sizzle,
hiss,
whoosh,
crackle, crackle.
I sing my song among the stones.

Soy una chispita,
morada y amarilla.
Bailo y canto.

I am a spark,
purple and yellow.
I sing and dance.

Soy Fuego, Fueguito,
y de chispa en chispita
me convierto en llama, llamita.
Bailo y canto. Nazco cantando.

I am Fire, Little Fire,
and from spark to little spark
I burst into flame, a little flame.
I dance and sing. I am born singing.

Soy el abuelo más viejo, más poderoso
y más bonito de la Madre Tierra.
Soy Fuego, Fueguito en todas las ceremonias.

On Mother Earth
I am the oldest, the strongest,
and the most handsome Grandfather.
In every ceremony, I am Fire, Little Fire.

En las cocinas y hornillas
llevo un refajo bordado.
Soy Fuego, Fueguito,
de todos los colores.

In the kitchen, in the stoves,
I wear a skirt of bright threads.
I am Fire, Little Fire,
dressed in all colors.

Yo, Fuego, Fueguito
soy llama, llamita.
Chispa, chispita,
soy la alegre energía de la vida.

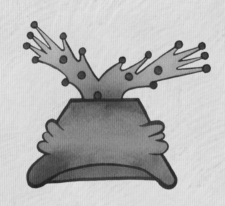

Fire, Little Fire,
I am a flame, a little flame.
A spark, a little spark,
the joyful energy of life.

Tit Titchin

Nutugay Tit
melka muchi
Nechismatit
pal Titchin

Nineci itech muchi
Tagutun ipal
Tunan Tal
Huan Tutegu Ijpac
Naja nispitsin,
Shishigu ispitsin patani talul.

Né ninemi
tik ne tepét
tik ne cojtan
tik ne cuahuit
ka muyawa
uccé cuahuit

Tik ce tét
ka myawa uksé tét

Tik ce tawil tzalani
ga patani talul
ga huist ipal galtijpak

Naja Nitit, Titchin
Naja ni chiltik, tultik
gutultik, apilichnaj
wan numimilaga
se takuigalis shushujnaj

Niguenga ne tunal
melca tesu nitunal

Ga ishpajpagui
ga mijtutiya

Naja Nitit, Titchin
ga tacuiga:
Shuuuu
Summm
Zummm
Chirchirchir
Nitacuiga ne nutacuigalis ijtic ne tejtet

Naja nispitsin
gutiltik, tultik.
Nimijtutiya huan nitacuiga

Naja ni tit, titchin
huan ispitsin tik ne ispitsin
nimucuepa mimilaga, mimilagachin.
Nimijtutiya wan nitacuiga, nineci
nitacuiga.

Naja nitatanoy uc shulet,
uc hueli tetsilnaj
huan uc galachin ipal Tunan Tal
Naja Nitit, Titchin tik muchi ne
ilwit metzali

Tik ne tajtamanaluyan wan tejtenamas
Naja nikwi se nukweyat
tzuntuk ga tajtachisca
Naja nitit, titchin
Ipal muchi ne gujgustuj wan tajtachishca

Naja, Nitit, Titchin
naja nimimilaga, nimimilagachin.
Ispitzin, ispitzinchin
naja ne yulpagui
itetzilnajgayu ne yulcuitiya

Photo credit: Teresa Kennett

Jorge Tetl Argueta is a prize-winning poet and author of more than twenty children's picture books, including *Una película en mi almohada / A Movie in My Pillow* (Children's Book Press, 2001); *Guacamole: Un poema para cocinar / A Cooking Poem* (Groundwood Books, 2016); *Agua, Agüita / Water, Little Water / At Achichipiga At* (Piñata Books, 2017); and *Somos como las nubes / We Are Like the Clouds* (Groundwood Books, 2016), which won the Lee Bennett Hopkins Poetry Award and was named to USBBY's Outstanding International Book List, the ALA Notable Children's Books and the Cooperative Children's Book Center Choices. The California Association for Bilingual Education honored him with its Courage to Act Award and his trilingual picture book, *Agua, Agüita / Water, Little Water / At Achichipiga At,* won the inaugural Campoy-Ada Award in Children's Poetry given by the Academia Norteamericana de la Lengua Española. A Pipil Nahua Indian, Jorge is also the founder of The Library of Dreams, a non-profit organization that promotes literacy in both rural and metropolitan areas in his native El Salvador. Jorge divides his time between San Francisco, California and El Salvador.

Jorge Tetl Argueta es un poeta y escritor galardonado con más de veinte libros infantiles, entre ellos *Una película en mi almohada / A Movie in My Pillow* (Children's Book Press, 2001); *Guacamole: Un poema para cocinar / A Cooking Poem* (Groundwood Books, 2016); *Agua, Agüita / Water, Little Water / At Achichipiga At* (Piñata Books, 2017); y *Somos como las nubes / We Are Like the Clouds* (Groundwood Books, 2016), ganador del premio Lee Bennett Hopkins Poetry Award, citado en la lista USBBY's Outstanding International Book List, el ALA Notable Children's Books y la Cooperative Children's Book Center Choices. La Asociación de la educación bilingüe de California lo honró con el premio Courage to Act y su libro infantil trilingüe, *Agua, Agüita / Water, Little Water / At Achichipiga At,* ganó el premio inaugural Campoy-Ada de la Academia Norteamericana de la Lengua Española en la categoría de poesía infantil. Indígena salvadoreño de origen pipil-nahua, Jorge es fundador de La Biblioteca de los Sueños, una organización sin fines de lucro que promueve la alfabetización en las áreas metropolitanas y rurales de su país natal. Jorge divide su tiempo entre San Francisco, California y El Salvador.

Felipe Ugalde Alcántara nació en la Ciudad de México en 1962 y estudió Comunicación Gráfica en la Escuela Nacional de Arte en la Universidad Nacional de México. Ha trabajado como ilustrador y diseñador de libros infantiles, libros de texto y juegos educacionales por más de veinticinco años. También ha dictado talleres de ilustración para niños y profesionales, y ha participado en varias exhibiciones en México y en el extranjero. Ha sido galardonado con premios en España, México y Japón. Ugalde Alcántara ilustró *Mother Fox and Mr. Coyote / Mamá Zorra* y *Don Coyote, Little Crow to the Rescue / El Cuervito al rescate* y *Agua, Agüita / Water, Little Water / At Achichipiga At* para Piñata Books.

Felipe Ugalde Alcántara was born in Mexico City and studied Graphic Communication at the National University of Mexico's School of Art. He has been an illustrator and designer of children's books, textbooks and educational games for more than twenty-five years. He has taught illustration workshops for children and professionals and participated in several exhibitions in Mexico and abroad. He has received awards for his work in Spain, Mexico and Japan. Ugalde Alcántara illustrated *Mother Fox and Mr. Coyote / Mamá Zorra y Don Coyote, Little Crow to the Rescue / El Cuervito al rescate* and *Agua, Agüita / Water, Little Water / At Achichipiga At* for Piñata Books.